EL BARCO DE VAPOR

El rey Solito

Rafael Estrada

W9-ATT-087

Ilustraciones de Jesús Gabán

sm

Primera edición: junio 1984
Decimosexta edición: septiembre 2006

Dirección editorial: Elsa Aguiar

© del texto: Rafael Estrada, 1994
© de las ilustraciones: Jesús Gabán, 1994
© Ediciones SM, 1994
   Impresores, 15
   Urbanización Prado del Espino
   28660 Boadilla del Monte (Madrid)
   www.grupo-sm.com

CENTRO INTEGRAL DE ATENCIÓN AL CLIENTE
Tel.: 902 12 13 23
Fax: 902 24 12 22
e-mail: clientes@grupo-sm.com

ISBN: 84-348-4354-4
Depósito legal: M-26643-2006
Impreso en España / *Printed in Spain*
Orymu, SA - Ruiz de Alda, 1 - Pinto (Madrid)

Había una vez
un reino muy pobre.
Era tan pobre,
que todos los que vivían
en el castillo
decidieron marcharse
al reino de al lado.

Los ministros,
los condes,
los marqueses
y toda la gente importante
hacía ya tiempo que se habían ido,
en cuanto vieron al recaudador
mirando las musarañas
y cazando moscas
un día tras otro.
   Las gentes del pueblo
que rodeaba el castillo,
al ver que la tierra
no daba nada
a cambio de su trabajo,
se mudaron también
al otro reino,
llevándose todos los animales.

7

Al final, en el reino
solo se quedo una persona.
Alguien que no podia irse,
pues entonces
hubiera dejado de ser un reino.
    Esa persona,
naturalmente,
era el rey:
el rey Solito.

Todas las mañanas,
cuando amanecía,
el rey Solito se levantaba
sin hacer ruido
y se dirigía a la torre más alta
del castillo,
caminando de puntillas.
   Una vez allí,
hacía sonar la trompeta
para despertarse a sí mismo.

Entonces,
volvía corriendo
a su real dormitorio

y se metía de nuevo en la cama.
—Mmm... —decía el rey Solito,
desperezándose.

Después, mandaba
que le trajeran el desayuno,
que para eso era el rey.
   Se deslizaba con mucho cuidado
fuera de la cama,
bajaba corriendo a la cocina
y preparaba tostadas con leche.
Seguidamente,
subía a toda prisa
a su habitación

y se servía el desayuno
en la cama.

    —Gracias
–se decía a sí mismo,
porque era muy educado
y le gustaba tratar con respeto
a todo el mundo.

Sólo entonces se levantaba,
paseaba por los silenciosos salones
y meditaba los asuntos del reino.

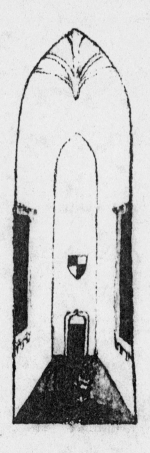

Fue un día así,
un miércoles durante su paseo,
cuando se le ocurrió
organizar una guerra.
Y pensó, además,
que era una excelente idea.
　　—Por lo menos,
mataré el tiempo –se dijo.

　　Se puso su mejor armadura,
se ajustó la cota de malla
y preparó la ballesta,
la lanza y la espada.

17

18

Cuando se encontró
en la muralla más alta,
con el puente levadizo bajado,
apuntó con la ballesta
desde una almena
y disparó una, dos,
tres flechas seguidas.
    —¡Es la guerra...!
–gritó, bajando a toda prisa
por las escaleras de piedra.

Ya abajo,
después de cruzar el puente,
se colocó frente al castillo,
cubriéndose con el escudo.
    —¡TOC...! ¡TOC...! ¡TOC...!
 sonaron las tres flechas,
cuando rebotaron en el escudo
del rey.

Miró hacia la almena,
desde donde él mismo
había disparado las flechas,
y apuntando la lanza,
la arrojó con todas sus fuerzas.

El rey Solito
volvió a cruzar el puente
a toda velocidad
y subió por las escaleras
hasta la almena más alta
de la muralla.

Allí, esquivó la lanza
que él mismo se había tirado
cuando se encontraba abajo.

Así estuvo toda la mañana:
lanzas arriba,
flechas abajo,
y hasta se tiró piedras
con la catapulta
que tenía en la sala de armas...
Pero al final se cansó,
y como ya era la hora de la comida,
decidió acabar la guerra.
    Cómo le hubiera gustado
tener algún enemigo.
Así no se habría cansado tanto
bajando y subiendo las escaleras.

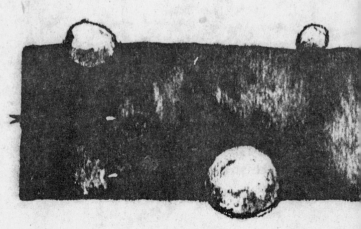

25

Pero como notó que el ejercicio
le había sentado bien,
decretó que todos los miércoles
haría un poco de guerra.
    Corrió a la cocina
a prepararse el asado
que se había pedido a sí mismo,
lo adornó con patatas y zanahorias,
y cuando estuvo listo,
se lo sirvió con gran ceremonia.
    —Gracias —se dijo.

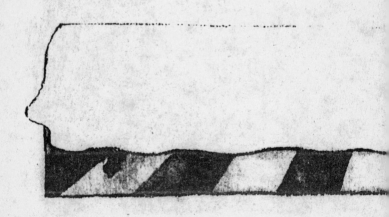

Por la noche,
después de la siesta
y de la merienda,
se sentó en la atalaya
a contemplar las estrellas
con su telescopio.
    Al rey Solito
le gustaba la ciencia.
Sabía que las estrellas
estaban ahí para algo.
También sabía
que la Luna daba vueltas
alrededor de la Tierra
por algún motivo,
aunque él lo desconociera.
Por eso, tenía que observarla.

Sin embargo, esa noche
su mirada se sintió atraída
por los guiños
que se hacían las estrellas...
y se encontró más solo que nunca.
Le hubiera gustado
ser una estrella
flotando en la noche,
rodeada de brillos y de parpadeos.

Por eso se le ocurrió
que sería buena idea
tener una novia,
casarse
y subir los dos juntos
a la atalaya,
a ver los guiños de las estrellas.
    —Ya está
–sonrió el rey Solito–,
mañana me caso.

Bajó a la habitación
que tenía reservada
desde hacía mucho tiempo
para la futura reina,
abrió el joyero del tocador
y cogió la diadema de plata
que guardaba para esa ocasión.

—¿Quieres casarte conmigo,
princesa...?

—preguntó el rey Solito,
emocionado.

Se quitó la corona,
colocó la diadema sobre su cabeza
y contestó:

—Claro que quiero, Solito.

—Entonces, mañana mismo
nos casaremos
—afirmó el rey,
colocándose de nuevo la corona.

A la mañana siguiente,
en el salón más importante
del castillo,
el rey Solito,
con su mejor capa
y armado con su espada
más brillante,
esperaba nervioso el momento
en que apareciera la princesa.

Corrió fuera del salón,
se puso la diadema de plata
y bajó las escaleras,
solemnemente pero con gracia,
como hacen las princesas
en esas ocasiones.

La princesa Solita miró el sitio
donde antes se encontraba el rey
y, ofreciéndole la mano,
le dijo:

—Qué nerviosa estoy.

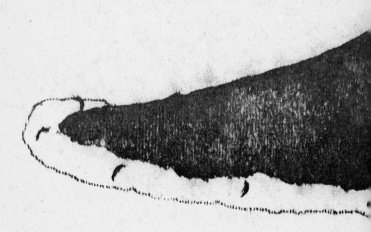

37

—Pues anda que yo
–reconoció el rey Solito,
cambiando la diadema
por la corona.
   Se miraron algunas veces.
El rey cambiaba de sitio
y se ponía unas veces la corona
y otras la diadema,
hasta que no pudo aguantar más
los nervios

y pregunto de sopetón:

    Prin... princesa Solita,
¿te quieres casar conmigo y...
y compartir mi castillo
y mi reino
para toda la vida...?

    -Pu... pues claro que quiero
 -declaró, colocándose la diadema
y cambiándose a toda prisa
de sitio.

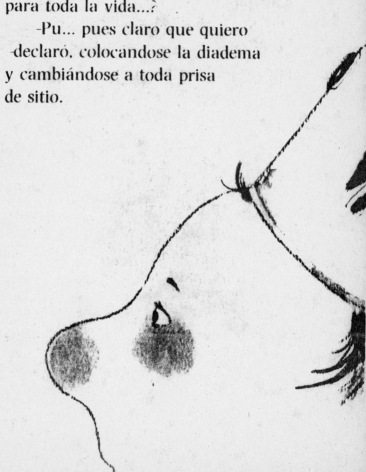

La princesa se aclaró la garganta
y le preguntó al rey
si quería casarse con ella.
El rey,
poniéndose de nuevo la corona,
contestó:
—Sí... sí que quiero
—y se miró la punta de los pies
porque le daba vergüenza.

Entonces
se le ocurrió que debía besarla,
para que quedase claro
que ya eran marido y mujer:
—¡MUAC...!
Cambió rápidamente de sitio,
quitándose la corona
y colocándose la diadema de plata,
y recogió aquel beso del aire.

Sonaron las campanas.
El rey Solito tiraba de la cuerda
con todas sus fuerzas
haciendo que redoblaran
por todo el reino.
Aunque allí no había nadie,
la noticia de la boda real
debía volar por los aires
a golpe de campana,
como sucedía
con todas las bodas importantes.
Fue un día dichoso y pleno
para los reyes.

43

Juntos recorrieron el reino.
Durante el paseo
iban de la mano,
y el rey Solito le regaló
margaritas y amapolas
a la reina.

Por la noche,
desde la atalaya,
contemplaron las estrellas.
El rey le enseñó a utilizar
el telescopio,
y juntos observaron el cielo.

—Mira qué bonito es Saturno,
con sus anillos y todo
–señaló el rey.

—Es precioso
–asintió la reina,
poniéndose la diadema.

—Y aquello que brilla a lo lejos
es Venus
–señaló con el dedo Solito,
colocándose la corona.

Y a la reina,
a partir de ese día,
también le gustó la ciencia.

Desde la atalaya,
riéndose con los guiños
de las estrellas,
con la Luna y los planetas
acompañándolos.
decidieron que estaría bien
tener un bebé.

Así pasaba el tiempo
el rey Solito,
jugando a creer
que tenía una familia
y gente en el castillo
que le hacía compañía.
Y eso le ayudaba
a no sentirse tan solo.
    Un miércoles por la mañana,
mientras se encontraba
haciendo la guerra,
descubrió a una pastorcita
observándole asombrada.

—¿Quién eres tú?
—le preguntó el rey Solito,
más asombrado todavía.

—Me llamo Florinda
y vivo en el reino de al lado.

—¿Y qué haces aquí,
si puede saberse?
—volvió a preguntar el rey.

—Es que a mis ovejas
les gusta esta hierba
—dijo la pastorcita
poniéndose colorada—.
Dicen que es más fresca y jugosa.

—¿Eso dicen tus ovejas?
–rió divertido Solito.

—Bueno, a mí también me gusta
venir por aquí
–añadió Florinda–.
Está todo tan tranquilo
y tan limpio...

Y la pastorcita le contó
que en el reino vecino
se estaban quedando sin bosques,
que la hierba escaseaba
y que la gente
se había vuelto descuidada.

—Casi todos los campos
están llenos de basura...

-contaba Florinda .
A otros pastores
también les gustaría venir,
pero no se atreven.

   —Mmm... ¿De verdad quieren
que sus ovejas pasten
en mi reino?
-quiso saber el rey.

   —Y las cabras, y las vacas,
si puede ser
-agregó la pastora
con una sonrisa.

   El rey Solito comenzó a pasear
con las manos en la espalda,
meditando,

y al cabo de un rato
le dijo a Florinda:

—Diles a los pastores
que pueden venir si quieren,
siempre que sus ovejas
estén de acuerdo.

—¿Y sus cabras y vacas...?
—preguntó la pastora riendo.

De esa manera,
el reino comenzó
a llenarse de gente,
porque los pastores,
como se cansaban
de tanto ir y venir
de un reino a otro,
pidieron permiso al rey
para quedarse a vivir allí.

—Claro que podéis quedaros
—les contestó Solito.

53

Después,
comenzó a venir gente importante
a comprar a los pastores
la leche, el queso
y la mantequilla,
porque estaban más ricos
que en los otros reinos.

Se construyeron granjas
y lecherías,
con el permiso del rey.

—Claro que sí
–contestaba el rey
siempre a sus preguntas.

Florinda y Solito se hicieron
muy buenos amigos.

El rey le contó
que había jugado a casarse,
a tener hijos
y a hacer la guerra,
porque se encontraba solo.
    —Yo también hablo sola
en el monte,
y les cuento a mis ovejas
todos mis secretos.
    Juntos recorrieron el reino.
Durante sus paseos
iban de la mano,
y el rey Solito regaló a Florinda
margaritas y amapolas.
Y como vieron que se querían,
decidieron casarse.

Por las noches,
desde la atalaya,
contemplaban las estrellas.
El rey enseñó a Florinda
a utilizar el telescopio,
y juntos observaron el cielo
haciendo todo tipo de comentarios:
   —Mira qué bonito es Saturno,
con sus anillos y todo
—señaló el rey.
   —Es precioso
—asintió la reina.
   —Y aquello que brilla a lo lejos
es Venus
—apuntó con el dedo Solito.
   Y a la reina Florinda,
a partir de ese día,
también le gustó la ciencia.

Desde la atalaya,
riéndose con los guiños
de las estrellas,
con la Luna y los planetas
acompañándolos,
decidieron que estaría bien
tener un bebé.
   —Es curioso
—comentó el rey Solito—.
Me parece que esto
ya lo he vivido antes.

EL BARCO DE VAPOR

SERIE BLANCA (primeros lectores)

EL BARCO DE VAPOR

SERIE AZUL (a partir de 7 años)